1

DOSSIER

Se connaître et se respecter

Comment exprimer ses émotions par la danse ?

1 Une danse lors d'un **festival**

Une compagnie de danse au festival de l'Oh ! (Bry-sur-Marne).

A Décris ces danseuses (costume, gestes, mouvements...).

B Quels sentiments expriment-elles ?

2 Une danseuse de **ballet**

A Utilise les documents 1 et 2. Compare les vêtements de ces danseuses.

B Compare leur attitude.

C Quels sentiments exprime la danseuse dans le document 2 ?

Mémo p. 52

Les émotions de base (peur, colère, tristesse, joie).

Mémo p. 53

Le vocabulaire des sentiments et des émotions.

3 Un *haka*

L'équipe de rugby de la Nouvelle-Zélande avant un match contre le pays de Galles en 2014.

A Décris ces joueurs de rugby.

B Qu'expriment leurs visages, leur attitude et leurs gestes ?

C À quel moment cette danse est-elle pratiquée ?

D À ton avis, quel est le but de cette danse ?

Vocabulaire

ballet (un) :
spectacle de musique et de danse, souvent classique.

festival (un) :
fête organisée chaque année pendant plusieurs jours.

haka (un) :
danse traditionnelle, accompagnée de chants. Elle est pratiquée par les habitants du sud de l'océan Pacifique.

Recherche

Tu viens d'étudier trois danses différentes. À toi, maintenant, d'en découvrir deux nouvelles.

A Fais une recherche sur la *samba*. Où est-elle née ? Comment se danse-t-elle ?

B Fais une recherche sur la *country*. Où est-elle née ? Comment se danse-t-elle ?

C Compare ces deux danses. Quels sont leurs points communs et leurs différences ?

1

LEÇON

Se connaître et se respecter

Comment se connaître et se respecter ?

1 Connaître ses émotions

A Quels visages expriment la joie ? la colère ? l'étonnement ?

B Justifie tes réponses.

Mémo p.52

Les émotions de base (peur, colère, tristesse, joie).

Mémo p.53

Le vocabulaire des sentiments et des émotions.

Vocabulaire

bien collectif (un) : objet ou lieu accessible à tous.

hygiène (l') : ensemble des moyens pour conserver et améliorer sa santé.

personnalité (une) : tout ce qui fait qu'une personne est unique.

2 Prendre soin de soi

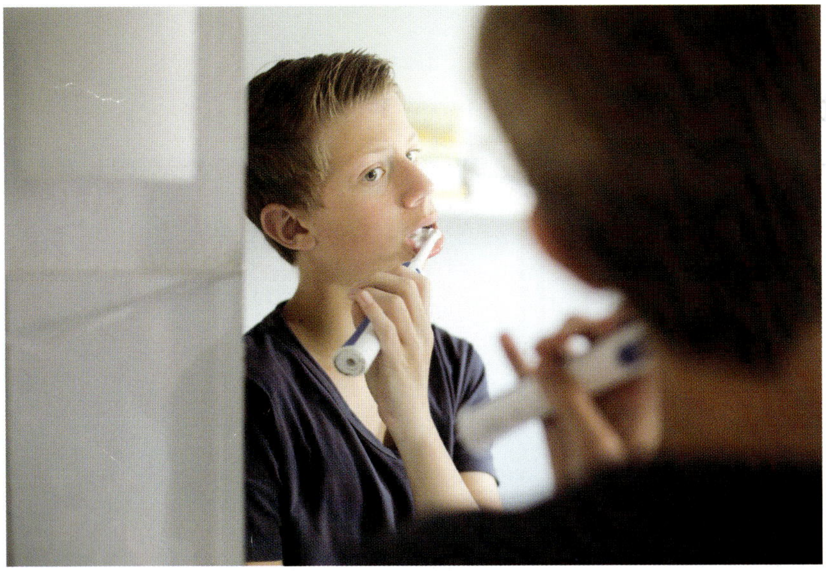

A Que fait cet enfant ?

B À quels moments de la journée doit-on accomplir cette action ?

C Pourquoi est-ce important de prendre soin de son corps ?

3 Prendre soin des biens

Une salle de classe de CE2 après le départ des élèves pour la cantine.

A Les élèves ont-ils pris soin de leurs affaires ? de la salle de classe ?

B Justifie tes réponses.

C Pourquoi est-ce important de prendre soin de la salle de classe ?

L'essentiel

Nous avons chacun notre propre **personnalité**.
Nous éprouvons des **sentiments** et des **émotions**, comme la joie et la tristesse. Nous apprenons à les contrôler et à les exprimer.

Chaque personne doit être respectée. Mais elle doit aussi se respecter elle-même. Chacun doit ainsi veiller à son **hygiène**, prendre soin de ses affaires et des **biens collectifs**.

2

DOSSIER

Connaître et respecter les autres

Qu'est-ce qu'un portrait ?

1 Un **buste** très ancien

Buste en pierre de Néfertiti, l'épouse d'un roi d'Égypte. Il a été réalisé vers 1345 av. J.-C.

Ⓐ Quelles parties du corps sont représentées ?

Ⓑ Quelles sont les couleurs utilisées ?

Ⓒ Qu'est-ce qui montre que ce personnage était très important ?

2 Une peinture

L'Amiral, G. Arcimboldo, XVIe siècle.
L'amiral est le chef de la marine de guerre d'un pays.

Ⓐ Décris ce **portrait**.

Ⓑ De quoi est-il composé ?

Ⓒ À ton avis, pourquoi ?

Mémo p. 53

Le vocabulaire des sentiments et des émotions.

3 Un **autoportrait**

Peinture à l'huile d'Henri Matisse, 1918.

A Que fait cet homme ?

B Qui est ce personnage ? Pour répondre, utilise le titre du document.

Vocabulaire

autoportrait (un) :
portrait d'un artiste réalisé par lui-même.

buste (un) :
partie du corps comprenant la tête, le cou et le torse.

portrait (un) :
représentation d'une personne ou d'un groupe de personnes.

4 Une photographie

Le chef indien Red Cloud photographié par D. F. Barry vers 1880.

A Qui est ce personnage ?

B Décris ses vêtements.

C Quel sentiment t'inspire ce personnage ?

Recherche

Tu viens d'étudier quatre portraits très différents.

A Fais une recherche dans la bibliothèque de ta classe ou dans celle de l'école. Tu devras trouver une peinture célèbre qui représente une femme appelée Mona Lisa.

B Tu indiqueras son auteur, sa date et tu la décriras.

2

SITUATION

Connaître et respecter les autres

Qu'est-ce que le racisme ?

1 Des élèves tous différents

Une classe d'école primaire en 2013.

A Quelles sont les différences entre ces élèves ?

Un site clé

photo-de-classe.org

2 Le témoignage de Lilian Thuram

« À l'époque, il y avait un [...] dessin animé où il y avait deux vaches. Une vache noire qui s'appelait la Noiraude qui était très stupide. Une vache blanche qui s'appelait Blanchette qui était très intelligente. Certains de mes camarades m'appelaient la Noiraude et ça m'attristait. Et [...] souvent, je dis que je suis devenu noir à l'âge de neuf ans, parce qu'en fait, on devient noir dans le regard de l'autre ».

Témoignage de Lilian Thuram, ancien champion de football, tiré du documentaire *Photo de classe*, Narrative Production, 2013.

A Qu'est-ce qui rendait triste Lilian Thuram lorsqu'il était enfant ?

B En quoi était-il victime de **racisme** ?

C Lis la dernière phrase du texte. Essaie de l'expliquer avec tes mots.

3 Une affiche contre le racisme

Affiche pour les semaines de l'éducation contre le racisme, 2015.

A Quelle partie du visage ces photographies représentent-elles ?

B Quelles sont les différences entre ces photographies ?

C Que montre cette affiche ?

Vocabulaire

racisme (le) :
fait de mépriser ou de rejeter une personne en raison de sa couleur de peau ou de son origine. L'**antisémitisme** est un racisme dirigé contre les juifs. Le racisme et l'antisémitisme sont condamnés par la loi.

Mémo p. 57

Comment étudier une image ?

Recherche

A As-tu déjà été victime ou témoin de racisme ?

B Décris ce que tu as vécu, ce que tu as vu ou entendu.

C Comment as-tu réagi à l'époque ?

D Comment réagirais-tu aujourd'hui ? Pourquoi ?

2
LEÇON

Connaître et respecter les autres

Comment respecter ses camarades et les adultes ?

1 Une scène sur un terrain de basket

A Que font les petites filles au premier plan ?

B Que font les garçons au second plan ?

C Quel problème cette photographie évoque-t-elle ?

D À ton avis, comment résoudre ce problème ?

2 Qu'est-ce que le respect ?

« Dire bonjour, merci, s'il vous plaît » est la première marque de respect, assurent les élèves. À six ou sept ans, le respect c'est également obéir à certaines règles. Comme « ranger sa chambre », « ne pas pousser les autres, faire des croche-pieds, jeter des cailloux », « ne pas dire de gros mots à la maîtresse », « ne pas faire n'importe quoi ».

D'après un article d'Olivia Fortin, *Le Républicain lorrain*, 17 juin 2015.

A Lis le texte. Quelle est la première marque de respect pour ces élèves ?

B Quelles sont les autres marques de respect à l'école et à la maison ?

Mémo p. 57

Comment étudier une image ?

3 Respecter les adultes

Illustration de R. W. Alley, © Les Éditions du signe.

A Que fait la petite fille sur ce dessin ?

B À ton avis, pourquoi agit-elle ainsi ?

C Est-ce que la petite fille respecte l'adulte ? Explique ta réponse.

L'essentiel

Nous sommes tous **différents**. Nous n'avons pas le même sexe, la même taille, la même couleur de cheveux ou de peau, le même caractère ni les mêmes goûts. Cependant, quelles que soient nos différences, nous avons **tous droit au respect**.

Il est ainsi interdit de se moquer d'une personne en raison de sa couleur de peau, de son origine, de son sexe ou de sa religion.

Respecter l'autre, c'est reconnaître son travail, son opinion, ses goûts. C'est aussi savoir **aider** les personnes les plus fragiles ou les plus âgées.

3

DOSSIER

Les droits et les devoirs de l'enfant et de l'élève

A-t-on le droit de faire tout ce qu'on veut ?

1 « Moi j'adore, la maîtresse déteste... »

... qu'on bavarde avec son voisin.

... qu'on s'amuse au lieu de travailler.

... qu'on se lève sans sa permission.

... qu'on gribouille sur la table, sur les livres ou sur le cahier du voisin.

... qu'on ne dise pas bonjour le matin ou au revoir en fin de journée.

... qu'on coure, qu'on crie dans les couloirs et qu'on se suspende aux portemanteaux.

... qu'on dise des gros mots ou qu'on parle n'importe comment.

... qu'on parle sans avoir levé le doigt.

... qu'on se bagarre dans la cour.

... qu'on se bouscule et qu'on pousse les autres dans les escaliers.

Élisabeth Brami, Lionel Le Néouanic,
Moi j'adore, la maîtresse déteste, © Éditions du Seuil, 2002.

A À ton avis, pourquoi la maîtresse déteste-t-elle toutes ces actions ?

2 Peut-on dire tout et n'importe quoi ?

Illustration de Lionel Le Néouanic, *Moi j'adore, la maîtresse déteste*,
© Éditions du Seuil, 2002.

A Observe le dessin. Qu'est-ce qui sort de la bouche de cet enfant ? Pourquoi ?

B Utilise les documents 1 et 2. À quelle phrase du document 1 correspond cette image ?

3 Pourquoi ne peut-on pas faire tout ce qu'on veut ?

Illustration publiée par le site Internet de l'école de Lamorlaye (Oise).

Mémo p. 52

Les émotions de base (peur, colère, tristesse, joie).

A Lis attentivement le texte du document. Relève la maladresse de langage.

B Décris cette scène.

C Qu'est-ce qui est drôle dans ce dessin ?

Débat

A-t-on le droit de faire tout ce qu'on veut ?

A Utilise le document 1. Laquelle de ces actions as-tu déjà eu envie de faire ?

B Pourquoi ne l'as-tu pas faite ?

C Selon toi, que se passerait-il dans une école si les élèves pouvaient faire tout ce qu'ils voulaient ?

Mémo p. 54

Les dix règles du débat.

3 SITUATION

Les droits et les devoirs de l'enfant et de l'élève

Quelles sont les règles dans la cour de récréation ?

1 Repérer les comportements dangereux

2 Les règles de la cour de récréation

Un élève n'apporte ni objet dangereux, ni objet de valeur : l'école ne peut être tenue pour responsable en cas de perte ou de vol.
Dans la cour de récréation, sont interdits les jeux dangereux tels que les **acrobaties**, les bagarres, les ballons durs et les grosses billes.

Extraits du **règlement** intérieur d'une école élémentaire des Yvelines. Il a été rédigé par les élèves de l'école.

Vocabulaire

acrobatie (une) : exercice d'équilibre et de gymnastique, difficile à réaliser.

règlement (un) : ensemble des règles qu'il faut respecter dans un lieu.

A Quels sont les jeux interdits dans cette école ?

B Pourquoi sont-ils interdits ?

C Utilise les documents 1 et 2. Sur le document 1, les élèves respectent-ils les règles indiquées dans le document 2 ? Justifie ta réponse.

Ⓐ Que font ces élèves dans la cour de récréation ?

Ⓑ Certains élèves ont-ils un comportement dangereux ?
Si oui, lesquels ?

3 Des panneaux rappellent les règles

Ⓐ Décris ces trois panneaux.

Ⓑ Qu'indique chacun d'eux ?

Débat

Quelles règles établir dans la cour de récréation ?

Ⓐ À quels jeux aimerais-tu pouvoir jouer dans la cour ?

Ⓑ Sont-ils dangereux ? Explique ta réponse.

Ⓒ Si oui, quelles sont les conditions pour que ces jeux soient sans danger ?

3

LEÇON

Les droits et les devoirs de l'enfant et de l'élève

Quels sont tes droits et tes devoirs ?

1 Un droit vital

A Décris cette image.

B Selon toi, quel droit de l'enfant illustre-t-elle ?

C Retrouve ce droit sur le poster 5 étudié en classe.

2 Le droit à l'éducation

Affiche de l'Unicef.

A Que représente cette affiche ?

B Lis la phrase qui est inscrite sur l'affiche.

C Explique pourquoi le droit à l'éducation est très important.

Vocabulaire

devoir (un) :
action imposée par la loi.

droit (un) :
action autorisée par la loi.

L'essentiel

À la maison comme à l'école, les **règles** sont indispensables pour **vivre ensemble**.
Elles permettent à chacun d'être libre tout en respectant les autres. Elles garantissent les **droits des enfants**, comme le droit à l'éducation. Elles imposent aussi des **devoirs**, comme le respect des adultes et de ses camarades.

3 Quelques **devoirs** des élèves à l'école

Un élève doit toujours se présenter dans un parfait état de propreté et en tenue décente. Il doit avoir une attitude correcte envers ses camarades, les enseignants et le personnel de service.

Les élèves respectent le bon état de l'école. Ils sont responsables, à tour de rôle, de la propreté de la cour.

Extraits du règlement intérieur d'une école élémentaire des Yvelines.

A Quels devoirs sont indiqués dans ce texte ?

B À ton avis, que se passerait-il si les élèves ne respectaient pas ces devoirs ?

4

DOSSIER

Les droits et les devoirs du citoyen

Qu'est-ce que l'égalité ?

1 L'égalité des droits

Article premier : Les hommes naissent et demeurent libres et égaux en droits. [...]

Extrait de la Déclaration des droits de l'homme et du **citoyen**, 1789.

Ⓐ De quel texte est extrait ce document ?

Ⓑ Quel mot du document évoque l'égalité ?

2 Le droit à l'éducation pour tous

Mémo p. 57

Comment étudier une image ?

Mémo p. 59

La Déclaration des droits de l'homme et du citoyen.

Ⓐ Dans quel lieu se déroule cette scène ?

Ⓑ Quelle différence remarques-tu entre ces enfants ?

Ⓒ L'égalité des droits est-elle respectée ? Explique ta réponse.

3 Quelle égalité entre hommes et femmes ?

Ⓐ Décris cette scène. Que font les deux personnes ?

Ⓑ Quel problème cette scène évoque-t-elle ?

Vocabulaire

citoyen (un) :
personne qui a des droits et des devoirs.

droit (un) :
action autorisée par la loi.

Débat

Les enfants peuvent-ils être à la fois différents et égaux ?

Ⓐ Quelles sont les différences entre les élèves de ta classe ?

Ⓑ Les enfants ont-ils des droits différents ? Explique ta réponse.

Ⓒ Les enfants peuvent-ils être à la fois différents et égaux ? Explique ta réponse.

Mémo p. 54

Les dix règles du débat.

Mémo p.55

Connaître quelques règles de la communication.

4

LEÇON

Les droits et les devoirs du citoyen

Quels sont les droits et les devoirs du citoyen ?

Mémo p. 58

Les valeurs et les symboles de la République française.

Mémo p. 59

La Déclaration des droits de l'homme et du citoyen.

Vocabulaire

devoir (un) : action imposée par la loi.

opinion (une) : avis.

sanction (une) : punition.

1 Connaître ses droits

Article 4. La liberté consiste à faire tout ce qui ne nuit pas à autrui[1].

Article 6. Tous les citoyens sont égaux devant la loi.

Article 10. Personne ne doit être inquiété pour ses **opinions** [...].

Extraits de la version simplifiée de la Déclaration des droits de l'homme et du citoyen, 1789.

[1] Autrui : une autre personne.

A Quel article évoque l'égalité devant la loi ?

B Quel article évoque la liberté de pensée ?

2 Respecter la loi

Une sanction

Un citoyen qui ne respecte pas cette interdiction devra payer une amende allant de 17 € à 135 €.

A Quelle interdiction indique ce panneau ?

B Que se passe-t-il si cette interdiction n'est pas respectée ?

3 Un droit du citoyen

A Décris cette scène.

B Quel droit évoque-t-elle ?

C À partir de quel âge avons-nous ce droit ?

L'essentiel

Tous les hommes et toutes les femmes ont **les mêmes droits**. Tous sont libres de penser et d'exprimer leurs opinions. Ils peuvent circuler et se réunir librement. Cependant, chacun a également des **devoirs**. Il doit ainsi connaître et respecter **la loi**.

5

SITUATION

Le jugement

Qu'est-ce qu'une punition **injuste** ?

1 Un extrait du **conte**

Fanchon, fille orgueilleuse, se montre malhonnête vis-à-vis d'une femme qui lui demande un service. Cette femme, qui est en réalité une fée, la punit : à chaque parole prononcée sortiront de sa bouche crapauds et serpents. Fanchon rentre chez elle auprès de sa mère et de sa sœur qui, elle, s'est montrée serviable avec la fée.

Dès que la mère aperçut Fanchon, elle lui cria : « Hé bien, ma fille ! – Hé bien, ma mère ! lui répondit la brutale, en jetant deux vipères, et deux crapauds. – Ô ciel ! s'écria la mère, que vois-je là ? C'est ta sœur qui en est cause, elle me le paiera » ; et aussitôt elle courut pour la battre.

D'après Charles Perrault, « Les Fées », *Les Contes de ma mère l'Oye*, 1697.

A Pourquoi Fanchon crache-t-elle des vipères et des crapauds ?

B Qui la mère punit-elle ? Pourquoi ?

2 L'auteur du conte

Vocabulaire

conte (un) : récit d'aventures imaginaires.

injuste : se dit d'une décision ou d'une action qui ne reconnaît pas les droits ou le mérite d'autrui.

Charles Perrault, écrivain français (1628-1703) est l'auteur de nombreux contes, comme *Le Petit Chaperon rouge*, *Le Petit Poucet* ou *La Belle au bois dormant*.

3 Une scène du conte

Mémo p. 54

Les dix règles du débat.

Mémo p. 57

Comment étudier une image ?

Gravure de Gustave Doré, 1862.

A À quelle partie du conte cette illustration correspond-elle ?

B Comment cette bonne action sera-t-elle récompensée ?

Débat

Les bonnes actions sont-elles toujours récompensées ?

A Après avoir écouté le conte en entier, que penses-tu du comportement de la fée et du prince envers la cadette ? Que penses-tu du comportement de la mère ?

B À ton avis, si l'aînée s'était mieux comportée, aurait-elle eu droit à une récompense ? Explique ta réponse.

C As-tu déjà été récompensé(e) pour une bonne action ? Raconte.

5

SITUATION

Le jugement

Pourquoi faut-il se méfier des idées toutes faites ?

1 Les idées toutes faites sur les filles et les garçons

Ainsi, beaucoup de personnes pensent que les filles sont **fragiles et sensibles**, et les garçons sont **forts et courageux**, et que le contraire n'est pas vrai.

Extrait d'une affiche réalisée par la Ligue de l'enseignement en 2014.

- **A** Comment est représenté le garçon ?
- **B** Comment est représentée la fille ?
- **C** Que penses-tu de ces idées toutes faites ?

2 Le choix d'une petite fille

« D'habitude, les filles, elles aiment le rose, seulement moi, le rose, ça me sort par les yeux ! [...] Maman dit que je suis un garçon manqué. [...] Moi, je trouve que je suis une fille réussie, même si je n'aime pas le rose. Ça m'est égal... On n'est pas obligé. »

Extrait de *Marre du rose*, Nathalie Hense © Albin Michel.

- **A** Que n'aime pas cette petite fille ?
- **B** Qu'en pense sa maman ?
- **C** Que penses-tu de la réaction de sa maman ?

3 Lutter contre les idées toutes faites

Document réalisé par la Ligue de l'enseignement, en 2011.

A Observe les images et lis le texte du document.

B Que représente chaque image ?

C Que veut montrer ce document ?

Mémo p. 57

Comment étudier une image ?

Recherche

Il existe de nombreuses idées toutes faites sur les filles et les garçons (leurs caractères, leurs goûts, leurs vêtements...).

A Indique toutes celles que tu as déjà entendues.

B Sont-elles vraies ou fausses ? Explique ta réponse.

C Pourquoi faut-il se méfier des idées toutes faites ?

5

LEÇON

Le jugement

Qu'est-ce que le jugement ?

1 Rendre service

A Que fait l'enfant sur ce dessin ?

B Est-ce une bonne ou une mauvaise action ? Explique ta réponse.

2 Une scène de jeu

Vocabulaire

jugement moral (le) : fait d'essayer de distinguer le bien du mal.

A Décris cette situation.

B Quelles peuvent être ses conséquences ?

3 Est-ce qu'on peut révéler un secret ?

À ton avis Minicricri ?, Francisco Lopez et Florence Langlois, *Toboggan*, Milan, 2014.

A Observe et décris ces deux scènes.

B Dans l'image de gauche, Nils doit-il révéler le secret de Max ? Explique ta réponse.

C Dans l'image de droite, Mehdi a-t-il bien fait de parler au surveillant ? Explique ta réponse.

4 Un choix très difficile

Paul est nouveau dans la classe. Il fait parfois des bêtises pour se faire remarquer.

Un jour, Mattéo, mon meilleur ami, efface volontairement ce que le maître a écrit au tableau, en entrant en classe. Lorsque le maître cherche le coupable, Mattéo et d'autres élèves accusent Paul.

Que dois-je faire ? Me taire et laisser Paul se faire punir, ou dénoncer mon meilleur ami ?

A Que ferais-tu à la place de cet enfant ? Explique ta réponse.

L'essentiel

À chaque moment de la vie, il faut exercer son **jugement moral**. Il permet de savoir si une décision ou une action est bonne ou mauvaise.
Par exemple, nous faisons une bonne action lorsque nous aidons les autres.

Il faut toujours réfléchir aux conséquences d'un acte avant de prendre une décision. Certains choix sont cependant très difficiles.

6

SITUATION

Les valeurs

Pourquoi l'amitié est-elle une valeur très importante ?

1 Une valeur partagée

Lisa est en CP. Dans sa classe, ses camarades se connaissent depuis la maternelle. L'amitié est une valeur importante pour eux. Le jour de son anniversaire, chacun apporte un gâteau pour le partager avec ses camarades.

Lisa, elle, est plus solitaire. Elle a peu d'amis. Le jour de son anniversaire, elle n'apporte pas de gâteau.

Ⓐ Quelle valeur partagent les enfants de cette classe ?

Ⓑ Pourquoi Lisa n'apporte-t-elle pas de gâteau ?

Ⓒ Que peut ressentir Lisa dans cette situation ? et ses camarades ?

Vocabulaire

valeur (une) :
idée ou qualité très importante.

2 Une surprise pour Lisa

Ⓐ Où se passe cette scène ?

Ⓑ Que font ces enfants ?

3 Le goûter d'anniversaire de Lisa

A Qui a préparé ce gâteau ?

B En quoi est-ce une marque d'amitié ?

C À ton avis, à quoi pense Lisa à ce moment ?

Débat

A Que penses-tu de la décision de Lisa ? de celle de ses camarades ?

B Devaient-ils respecter le choix de Lisa ? Explique ta réponse.

C Qu'est-ce que cette expérience peut apporter à Lisa ?

D Pourquoi l'amitié est-elle une valeur très importante ?

6
LEÇON

Les valeurs

Quelles sont les valeurs de notre société ?

1 Les valeurs de la République française

Un timbre français, 1997.

A De quel document s'agit-il ?

B À quoi sert-il ?

C Quelles sont les trois valeurs de la République française ?

Mémo p. 58

Les valeurs et les symboles de la République française.

Vocabulaire

devise (une) :
mots qui indiquent le but d'un groupe de personnes ou d'un pays.

fraternité (la) :
fait d'aider les autres personnes comme des frères et sœurs.

laïcité (la) :
indépendance de l'État par rapport aux religions.

symbole (un) :
image représentant une idée ou une qualité.

2 La **laïcité** en France

2

La France **n'impose pas** de religion et n'en interdit aucune.

14

Aucun élève n'a le droit, pour se faire remarquer, **de porter des signes mettant en avant sa religion.**

Extrait de la *Charte de la laïcité à l'école expliquée aux enfants*, Milan, 2013.

A Observe l'image du haut. Y a-t-il une religion obligatoire en France ?

B A-t-on le droit de ne pas avoir de religion ? Explique ta réponse.

C Observe l'image du bas. Qu'est-ce qui est interdit aux élèves ?

L'essentiel

Nous avons chacun nos propres **valeurs**. Mais nous partageons aussi certaines valeurs avec d'autres personnes. C'est le cas de la **liberté**, de l'**égalité** et de la **fraternité**. Ces trois mots forment la **devise** de la République française.

7

SITUATION

L'engagement moral

Comment coopérer en EPS ?

1 S'entraider

Observe ces deux photographies.

A Sur la photo 1, que fait la petite fille au short orange ?

B Sur la photo 2, qui est aidé ?

C Pourquoi ces élèves ont-ils besoin les uns des autres ?

Vocabulaire

coopérer :
travailler ensemble à un projet commun.

entraider (s') :
s'aider les uns les autres.

2 Une citation célèbre

« L'union fait la force. »

D'après l'écrivain grec Ésope, *Les Fables*, VIe siècle avant J.-C.

A Explique cette phrase.

B À ton avis, pourrait-elle correspondre aux photographies ci-dessus ? Pourquoi ?

3 Coopérer

Ⓐ Comment ces jeunes filles ont-elles construit cette pyramide ?

Ⓑ Que se passerait-il si l'une d'entre elles se retirait ?

Mémo p. 57

Comment étudier une image ?

Recherche

À l'école, tu aides tes camarades. Il t'arrive aussi de recevoir leur aide.

Ⓐ Donne des exemples de coopération dans ton école (en informatique, en classe, en sport, à la cantine, dans la cour de récréation...).

Ⓑ À ton avis, quelles actions permettraient de développer la coopération en sport ?

7
LEÇON

L'engagement moral

Qu'est-ce que l'engagement moral ?

1 Faire une promesse

Un jour qu'il faisait très chaud, une princesse s'assit au bord d'une fontaine. Comme elle s'ennuyait, elle prit une balle en or et la jeta en l'air. Il arriva que la balle d'or roula tout droit dans l'eau. La princesse vit une grenouille qui lui dit : « Si je peux manger dans ton assiette, boire dans ton verre et dormir dans ton lit, si tu me promets tout cela, je plongerai au fond de la source et te rendrai ta balle. – Mais oui, je te promets tout ce que tu veux, à condition que tu retrouves ma balle » répondit la princesse.

D'après *Le Roi Grenouille*, conte des frères Grimm, 1812.

A À quoi s'engage la grenouille ?

B Quelle promesse la princesse devra-t-elle respecter en échange ?

C En quoi est-ce une situation d'entraide ?

2 Une scène du conte

La Princesse et la grenouille, W. R. Symonds, peinture de 1894.

A Utilise les documents 1 et 2. À ton avis, à quelle scène du conte correspond le document 2 ?

3 Un serment

Au Moyen Âge, le vassal prêtait serment auprès de son seigneur et lui jurait fidélité.

Mémo p. 57

Comment étudier une image ?

A Décris l'attitude du personnage de droite.

B Que promet-il au personnage de gauche ?

Vocabulaire

confiance (la) :
fait d'être certain qu'une personne ne nous trompera pas.

engagement moral (un) :
obligation envers soi ou envers quelqu'un d'autre.

promesse (une) :
fait de s'engager à faire quelque chose.

serment (un) :
promesse très importante.

L'essentiel

Il existe plusieurs façons de s'engager. On peut s'entraider pour parvenir ensemble à un objectif que l'on n'aurait pas atteint tout seul.

Mais il ne faut pas s'engager si l'on sait que l'on ne tiendra pas sa promesse. C'est en respectant ses engagements que l'on peut gagner la **confiance** des autres.

8

SITUATION

L'engagement civique

À quoi sert le vote ?

1 Voter pour donner des noms à des poussins

Des poussins sont nés dans la classe. Mais les élèves de CE2 ne parviennent pas à se mettre d'accord sur le choix de leurs noms.

La maîtresse propose alors de voter : chaque poussin portera le nom qui aura été choisi à la **majorité** par les élèves.

Pour voter, chacun devra écrire sur un papier le nom qu'il préfère.

Témoignage d'une professeure des écoles de Versailles (Yvelines).

A Pourquoi la maîtresse propose-t-elle un vote ?

B Que doivent faire les élèves pour voter ?

2 Une étape du vote

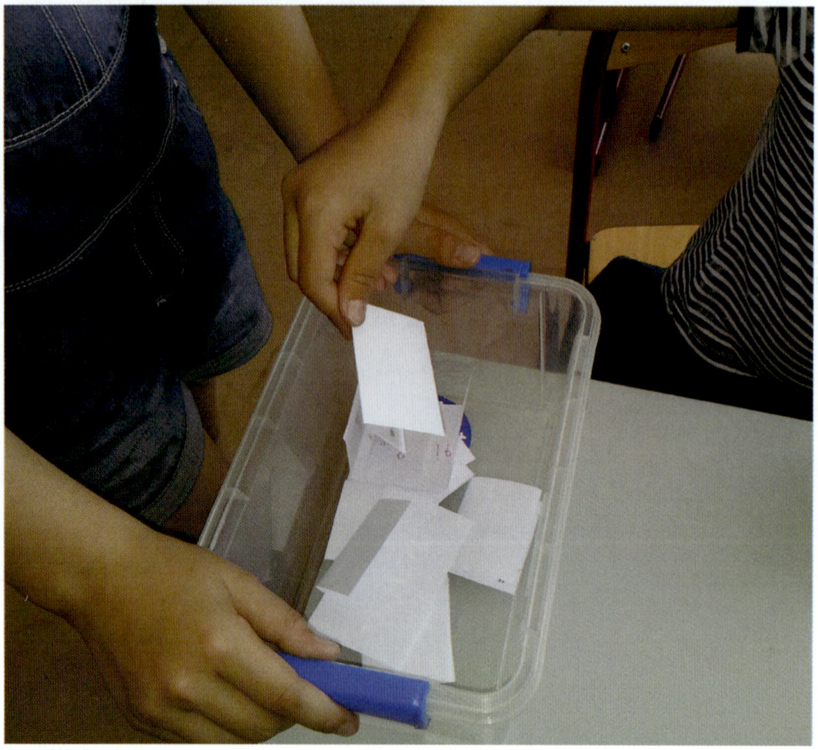

Mémo p. 57

Comment étudier une image ?

A Que font les élèves sur cette photographie ?

B Que contient cette boîte ?

3 Les résultats

Bulletin de vote d'un élève

Nombre de **voix** obtenues

Noms pour lesquels les élèves ont voté

A Que fait la petite fille de gauche ? Que fait celle de droite ?

B Quel nom remporte le plus de voix ? Explique ta réponse.

Vocabulaire

majorité (la) :
plus de la moitié d'un groupe de personnes.

voix (une) :
vote d'une personne.

voter :
exprimer son opinion lors d'une élection.

Recherche

Fais une recherche sur les délégués de classe.

A Quel est leur rôle ?

B Comment sont-ils désignés ?

C Qui sont les délégués dans ta classe et dans ton école ?

8

LEÇON

L'engagement civique

Comment prendre des responsabilités à l'école ?

Vocabulaire

délégué de classe : personne chargée de représenter les élèves de sa classe.

médiateur (un) : personne chargée d'améliorer les relations dans un groupe.

responsabilité (une) : tâche que l'on doit accomplir.

1 Répartir les responsabilités

Chefs de rang 	Alice – Paul
Facteurs 	Vincent – Leila
Distributeurs Ramasseurs 	Alex – Maria
Effaceurs de tableau 	Amin – Lilly

A Observe ce tableau. Quelles sont les différentes responsabilités des élèves de cette classe ?

B Pourquoi installer un tableau des responsabilités dans la classe ?

2 Aider les autres

A Où se passe cette scène ?

B À ton avis, quel enfant aide l'autre ? Explique ta réponse.

3 Devenir **délégué de classe**

A Donne le nom des enfants qui veulent être délégués.

B Pourquoi portent-ils des pancartes ?

C Qu'est-il écrit sur les pancartes ?

L'essentiel

Les élèves sont amenés à prendre des **responsabilités**. Certains distribuent le matériel ou effacent le tableau. D'autres jouent le rôle de **médiateurs**. Les élèves peuvent aussi devenir **délégués de classe**. Mais ils doivent d'abord être élus par leurs camarades.

9

SITUATION

La solidarité

Qu'est-ce qu'un projet solidaire ?

Mémo p. 56

Apprendre à réaliser un projet solidaire.

Vocabulaire

action solidaire (une) : action pour aider les autres.

collecter : recueillir de l'argent ou des objets pour les donner.

fournitures scolaires (les) : ensemble des objets qui permettent aux élèves d'étudier.

projet solidaire (un) : action destinée à aider des personnes en difficulté.

1 Une action solidaire

Affichette de l'association Solidarité laïque, 2014.

Ⓐ Quels objets faut-il **collecter** ?

Ⓑ Pourquoi ?

2 Les élèves du **projet solidaire**

A Quels objets ces élèves montrent-ils ? Pourquoi ?

3 La collecte

Les 18 élèves de la classe de CM2 de l'école d'Arleuf s'engagent dans « La Rentrée Solidaire ». Samedi 6 décembre, de 10 h à 12 h, ils tiendront un stand au magasin Atac, où il sera possible d'y déposer les **fournitures scolaires**. Pour cela, ils ont réalisé des affiches.

D'après un article du *Journal du Centre*, 4 décembre 2014.

A Lis l'article de journal.
Où les élèves collecteront-ils les fournitures scolaires ?

B Pourquoi ont-ils réalisé des affiches ?

Recherche

Réfléchis à un projet solidaire que tu pourrais mener avec ta classe.

A Quelles personnes souhaiterais-tu aider ? Pourquoi ?

B Quelle aide souhaiterais-tu leur apporter ?

C Comment ta classe peut-elle réaliser ce projet ?

9
DOSSIER

La solidarité

Comment être solidaire ?

1 Aider les autres

Mémo p. 56

Apprendre à réaliser un projet solidaire.

A Où se passe cette scène ?

B Pourquoi l'enfant de droite a-t-il besoin d'être aidé ?

C Quelles aides lui apporte son camarade ?

Vocabulaire

association (une) : groupe de personnes pratiquant une activité commune.

conseil municipal des enfants (le) : assemblée d'enfants d'une commune.

2 Une opération solidaire

Affiche de l'**association** Les bouchons d'amour.
La collecte des bouchons sert à acheter des fauteuils roulants.

A D'après cette affiche, que faut-il faire des bouchons ?

B À quoi sert la collecte des bouchons ?

3 Participer à une action solidaire

A Que font ces deux enfants ? Justifie ta réponse.

4 Agir dans sa commune

Le **conseil municipal des enfants** de Saint-Christophe-de-Double organise une grande marche de ramassage des déchets sur la commune. Le principe est d'inciter les enfants de l'école, les associations et les habitants à nettoyer des sites, en les débarrassant de leurs déchets.

D'après un article de Karine Poullain, *Sud-Ouest*, 8 mai 2015.

A Lis ce texte. Qui a organisé cette action ?

B En quoi est-ce une action solidaire ?

Recherche

Fais la liste de toutes les actions que tu mènes au quotidien pour aider les autres (à l'école, à la maison ou ailleurs).

9

LEÇON

La solidarité

Qu'est-ce que la solidarité ?

1 La définition de la solidarité

La solidarité ou l'entraide, c'est aider ceux qui sont en difficulté ou isolés pour leur permettre de s'intégrer. Être solidaire, c'est ne pas rester indifférent face aux injustices et aux inégalités. Il existe plusieurs façons d'être solidaire : en aidant des malades ou des handicapés, en adhérant à des **associations** de défense ou de protection ou en s'engageant pour des œuvres **humanitaires**.

Dictionnaire junior, CE/CM, Larousse, 2013.

A Qu'est-ce que la solidarité, d'après ce dictionnaire ?

B Indique plusieurs façons d'être solidaire.

2 L'engagement solidaire de l'abbé Pierre

Lors de l'hiver glacial 1954, il lance un appel à la radio pour aider les **sans-abri**. En 1992, il crée la Fondation Abbé-Pierre pour leur apporter un logement.

A Comment l'abbé Pierre a-t-il aidé les sans-abri ?

B Comment a-t-il alerté les Français sur le problème du logement ?

Vocabulaire

association (une) : groupe de personnes pratiquant une activité commune.

humanitaire : qui vient en aide aux personnes en grande difficulté.

humoriste (un) : personne qui cherche à faire rire dans des spectacles, par des dessins ou par des textes.

sans-abri (un) : personne qui n'a pas de domicile fixe.

3 Un Restaurant du cœur

Les Restaurants du cœur ont été fondés en 1985 par l'**humoriste** Coluche. Ce sont des cantines gratuites pour les plus démunis.

A Quelle aide apportent les Restaurants du cœur ?

B Calcule depuis combien de temps cette association existe.

Mémo p. 61

Les grandes figures de l'engagement.

L'essentiel

Les hommes vivent ensemble. Ils dépendent les uns des autres. C'est pourquoi la **solidarité** est une **valeur** très importante. Elle s'exprime par des **gestes quotidiens** : par exemple, aider une personne âgée à porter ses courses. Elle se manifeste aussi par des **actions solidaires** ou **humanitaires**.

LEÇON

Le secours à autrui

Repérer et prévenir les dangers

1 Les dangers de la cuisine

A Observe l'image.
Repère tous les dangers possibles dans la cuisine.

B Que doit-on faire pour les éviter ?

2 Les symboles de danger

Produit toxique
Il peut empoisonner ou irriter la peau.

Produit corrosif
Il brûle ou attaque la peau.

Produit inflammable

Poison mortel

A Décris et explique ces différents symboles.

L'essentiel

À la maison, il existe de nombreux **dangers** qu'il faut savoir repérer. Il ne faut jamais utiliser de produits dangereux. Tu peux les reconnaître à leurs symboles. En cas d'accident ou d'incendie, compose les **numéros d'urgence** comme le **15** (pour les accidents) ou le **18** (pour les incendies).

Le Code de la route

Les règles de prudence

LEÇON

1 Les comportements dangereux

A Observe l'image. Quels enfants sont imprudents ?

B Explique ta réponse.

C En quoi leurs comportements sont-ils dangereux ?

Mémo p. 50-51

Les principaux panneaux du Code de la route.

Vocabulaire

piéton (un) : personne qui circule à pied.

L'essentiel

Dans la rue, les **piétons** doivent respecter des **règles**, tout comme les cyclistes et les automobilistes. Ils doivent être très attentifs à la circulation, respecter les **feux** et les **panneaux de signalisation**, emprunter les **passages protégés** sans courir...

2 Les règles pour traverser une rue

- Regarde de chaque côté avant de traverser.
- Traverse sur le passage pour piétons.
- Méfie-toi des véhicules cachés.
- Attends que le feu pour piétons soit vert.
- Vérifie aussi qu'il n'y a plus de voitures ou qu'elles sont bien arrêtées avant de traverser.
- À un carrefour, regarde aussi derrière toi.

Extrait de l'affiche *Être piéton, ça s'apprend*, La Sécurité routière-Play Bac, 2014.

MÉMO

Code de la route

Les principaux panneaux du Code de la route (1)

Les panneaux d'interdiction (ronds et rouges)

Sens interdit

Interdiction de tourner à gauche

Accès interdit aux piétons

Interdiction de dépasser 50 km/h

Interdiction de dépasser

Accès interdit à tous les véhicules à moteur

Les panneaux de danger (triangulaires et rouges)

Annonce de feux tricolores

Carrefour à sens giratoire

Endroit fréquenté par les enfants

Virage à droite

Chaussée glissante

Cassis ou dos-d'âne

Les principaux panneaux du Code de la route (2)

MÉMO

Les panneaux d'obligation (ronds et bleus)

Direction obligatoire

Piste ou bande cyclable obligatoire

En entrant dans un tunnel par exemple

Vitesse minimale obligatoire

Chemin obligatoire pour piétons

Les panneaux d'indication (carrés et bleus)

Circulation à sens unique

Chemin sans issue

Parking

Arrêt d'autobus

Emplacement pour pique-nique

MÉMO

Sentiments et émotions (1)

Les émotions de base (peur, colère, tristesse, joie)

Une **émotion** est la façon dont notre esprit réagit à une situation, par exemple à une bonne nouvelle.

Un **sentiment**, c'est notre état d'esprit à un moment donné.

Quelques émotions de base

Colère

Joie

Peur

Dégoût

Tristesse

Surprise

Il y a des **degrés différents** d'émotion, par exemple pour la joie :

Sérénité

Joie

Extase

Sentiments et émotions (2)

Le vocabulaire des sentiments et des émotions

MÉMO

La joie

Exemples d'adjectifs :

Content(e)
Joyeux(se)
Heureux(se)

Exemples de noms :

La gaieté
Le bonheur

Exemples de verbes :

Rire
Rigoler
S'amuser

La tristesse

Exemples d'adjectifs :

Triste
Attristé(e)
Peiné

Exemples de noms :

Le chagrin
La peine

Exemples de verbes :

Attrister
Pleurer

La peur

Exemples d'adjectifs :

Peureux(se)
Apeuré(e)
Effrayé(e)
Terrorisé(e)

Exemples de noms :

La panique
La frayeur
L'effroi
La terreur

Exemples de verbes :

Craindre
Effrayer
Terroriser

La colère

Exemples d'adjectifs :

Agacé(e)
Irrité(e)
Énervé(e)
Furieux(se)

Exemples de noms :

L'énervement
L'agacement
La rage
La furie

Exemples de verbes :

Agacer
Irriter
Énerver

MÉMO

Débat (1)

Les dix règles du débat

Un débat est une discussion argumentée sur un sujet.

Voici les règles à suivre pour participer à un débat :

1. Chaque élève peut participer.

2. On lève la main pour prendre la parole.

3. On ne se contente pas de donner son avis. Il faut l'argumenter, c'est-à-dire l'expliquer et donner des exemples.

4. On réfléchit avant de parler pour trouver les mots justes et pour s'exprimer correctement.

5. On ne répète pas ce qu'a dit un camarade.

6. On écoute en silence son camarade lorsqu'il parle.

7. On ne lui coupe pas la parole.

8. On ne se moque pas de lui.

9. On garde son calme lorsqu'on n'est pas d'accord avec un camarade.

10. On laisse la parole en priorité à celui qui n'a pas encore parlé.

Débat (2)

Connaître quelques règles de la communication

MÉMO

Dans un débat, la communication de ses idées est très importante. Voici des mots qui te permettent de les exprimer.

Pour expliquer pourquoi tu es d'accord :

- Je suis d'accord car...
- En effet, tu as raison parce que...
- Il est vrai que...

Pour dire que tu n'es qu'en partie d'accord :

- Je suis de ton avis, mais...
- Je suis d'accord, néanmoins...
- Tu as raison, cependant...
- Je partage ton opinion, pourtant...
- C'est possible, toutefois...

Pour dire que tu n'es pas d'accord :

- Au contraire, je pense que...
- Je ne suis pas d'accord puisque...

Des mots pour dire ce que tu penses :

- Je pense que...
- Selon moi,...
- À mon avis,...

Des mots pour lier deux idées :

donc, ainsi, de plus, d'autre part, par conséquent...

Des mots pour justifier une idée :

prouver, illustrer, démontrer, par exemple...

MÉMO

Coopération

Apprendre à réaliser un projet solidaire

Il faut d'abord savoir qui tu vas aider...

Par exemple, des enfants malades, des personnes âgées, pauvres ou handicapées...

... Il faut aussi connaître l'objectif de ton projet.

Par exemple, apporter à ces personnes un soutien matériel (nourriture, argent, objets...) et partager du temps avec elles.

Mais comment faire ?

Renseigne-toi : il existe sûrement une association qui vient en aide à ces personnes et qui pourra te guider dans ton projet.

Informe les gens autour de toi en parlant de ce que tu veux faire et en expliquant comment. Tu peux poser des affiches, organiser des événements pour collecter ce dont tu as besoin.

Réalise avec tes camarades des actions concrètes.

Collecte de l'argent, des objets, de la nourriture.
Organise des moments de rencontre avec les personnes que tu souhaites soutenir...

Lorsque tu as terminé ta collecte, apporte-la à l'association qui t'a aidé(e) dans ton projet.

MÉMO

Document

Comment étudier une image ?

Ⓐ Observe l'image. Est-ce une photographie, une affiche ou un dessin ?

Ⓑ Lis le titre du document. Où a été prise la photographie ? Quand a-t-elle été prise ?

Ⓒ Repère l'arrière-plan de la photographie. C'est la partie de l'image qui est la plus éloignée du photographe.

Ⓓ Repère le premier plan de la photographie. C'est la partie de l'image qui est la plus proche du photographe.

Une salle de classe dans le village de Saint-Genis-Laval (près de Lyon) en 2015

Ⓔ Tu peux maintenant décrire les personnes photographiées.
- Qui sont-elles ?
- Comment sont-elles disposées ?
- Que font-elles ?

MÉMO

Valeurs, institutions, symboles (1)

Les valeurs et les symboles de la République française

Un **symbole** est une image qui représente une idée, une qualité ou une valeur très importante.

Le drapeau français

Il est constitué de trois couleurs : le **bleu**, le **blanc** et le **rouge**.

Liberté, égalité, fraternité

C'est la **devise** de la République française. Elle est inscrite sur les bâtiments officiels.

Le 14 juillet

C'est la fête nationale française. Elle rappelle la prise de la Bastille, le 14 juillet 1789.

Marianne

C'est un personnage imaginaire. Elle représente la République française.

Valeurs, institutions, symboles (2)

La Déclaration des droits de l'homme et du citoyen

La **Déclaration des droits de l'homme et du citoyen** est un texte très important. Elle a été écrite en 1789.

Elle proclame des valeurs, comme la **liberté** et l'**égalité de tous devant la loi**.

Ces valeurs servent de base aux règles de la société et de l'État français.

Article 1. Les hommes naissent et demeurent libres et égaux en droits.

Article 6. Tous les citoyens sont égaux devant la loi.

Article 10. Personne ne peut être inquiété pour ses opinions, même religieuses.

Article 11. Tout citoyen peut parler et écrire librement.

Extraits de la version simplifiée de la Déclaration des droits de l'homme et du citoyen, 1789.

MÉMO

Valeurs, institutions, symboles (3)

La Marseillaise

La Marseillaise est l'hymne de la **République française**. Un hymne est un chant qui représente un pays.

Le début de *La Marseillaise*

1er couplet

Allons enfants de la Patrie[1],
Le jour de gloire est arrivé !
Contre nous de la tyrannie[2],
L'étendard sanglant est levé, (bis)
Entendez-vous dans les campagnes
Mugir ces féroces soldats ?
Ils viennent jusque dans vos bras
Égorger vos fils, vos compagnes !

Refrain

Aux armes, citoyens,
Formez vos bataillons.
Marchons, marchons !
Qu'un sang impur
Abreuve nos sillons !

[1] patrie (la) : pays où l'on vit et auquel on est attaché.
[2] tyrannie (une) : gouvernement injuste et cruel.

La Marseillaise

Elle est chantée lors des grands événements (par exemple lors de la fête du 14 juillet) ou avant les matches de l'équipe de France de football.

L'équipe de France de football chante *La Marseillaise* avant un match en 2005.

Engagement

Les grandes figures de l'engagement

MÉMO

Mohandas Gandhi (1869-1948)

C'est un homme politique et un guide spirituel indien. Il a lutté de façon **non violente** pour les droits de l'homme et pour l'**indépendance de l'Inde**.

Mère Teresa (1910-1997)

C'est une religieuse catholique. Elle est connue pour son engagement auprès **des plus pauvres** et des **malades**, en Inde et dans le monde entier.

Nelson Mandela (1918-2013)

Il a lutté pour l'**égalité entre les Blancs et les Noirs** en Afrique du Sud. Après avoir été emprisonné pendant 27 ans pour ses idées, il a été président de son pays de 1994 à 1999.

L'abbé Pierre (1912-2007)

Ce prêtre catholique français s'est engagé **contre l'exclusion** et pour le logement des plus pauvres.

Malala Yousafzai (née en 1997)

Cette jeune Pakistanaise milite pour l'**éducation des filles**. En 2014, à seulement 17 ans, elle reçoit le prix Nobel de la paix.

A

acrobatie (une) :
exercice d'équilibre et de gymnastique, difficile à réaliser.

action solidaire (une) :
action pour aider les autres.

association (une) :
groupe de personnes pratiquant une activité commune.

autoportrait (un) :
portrait d'un artiste réalisé par lui-même.

B

ballet (un) :
spectacle de musique et de danse, souvent classique.

bien collectif (un) :
objet ou lieu accessible à tous.

buste (un) :
partie du corps comprenant la tête, le cou et le torse.

C

citoyen (un) :
personne qui a des droits et des devoirs.

collecter :
recueillir de l'argent ou des objets pour les donner.

confiance (la) :
fait d'être certain qu'une personne ne nous trompera pas.

conseil municipal des enfants (le) :
assemblée d'enfants d'une commune.

conte :
récit d'aventures imaginaires.

coopérer :
travailler ensemble à un projet commun.

D

délégué de classe (un) :
personne chargée de représenter les élèves de sa classe.

devise (une) :
mots qui indiquent le but d'un groupe de personnes ou d'un pays.

devoir (un) :
action imposée par la loi.

droit (un) :
action autorisée par la loi.

E

engagement moral (un) :
obligation envers soi ou envers quelqu'un d'autre.

entraider (s') :
s'aider les uns les autres.

F

festival (un) :
fête organisée chaque année pendant plusieurs jours.

fournitures scolaires (les) :
ensemble des objets qui permettent aux élèves d'étudier.

fraternité (la) :
fait d'aider les autres personnes comme des frères et sœurs.

H

haka (un) :
danse traditionnelle, accompagnée de chants. Elle est pratiquée par les habitants du sud de l'océan Pacifique.

humanitaire :
qui vient en aide aux personnes en grande difficulté.

humoriste (un) :
personne qui cherche à faire rire dans des spectacles, par des dessins ou par des textes.

hygiène (l') :
ensemble des moyens pour conserver et améliorer sa santé.

I

injuste :
se dit d'une décision ou d'une action qui ne reconnaît pas les droits ou le mérite d'autrui.

J

jugement moral (le) :
fait d'essayer de distinguer le bien du mal.

L

laïcité (la) :
indépendance de l'État par rapport aux religions.

loi (la) :
ensemble des règles de vie en société.

M

majorité (la) :
plus de la moitié d'un groupe de personnes.

médiateur (un) :
personne chargée d'améliorer les relations dans un groupe.

O

opinion (une) :
avis.

P

patrie (la) :
pays où l'on vit et auquel on est attaché.

personnalité (une) :
tout ce qui fait qu'une personne est unique.

piéton (un) :
personne qui circule à pied.

portrait (un) :
représentation d'une personne ou d'un groupe de personnes.

projet solidaire (un) :
action destinée à aider des personnes en difficulté.

promesse (une) :
fait de s'engager à faire quelque chose.

R

racisme (le) :
fait de mépriser ou de rejeter une personne en raison de sa couleur de peau ou de son origine. L'**antisémitisme** est un racisme dirigé contre les juifs. Le racisme et l'antisémitisme sont condamnés par la loi.

règlement (un) :
ensemble des règles qu'il faut respecter dans un lieu.

responsabilité (une) :
tâche que l'on doit accomplir.

S

sanction (une) :
punition.

sans-abri (un) :
personne qui n'a pas de domicile fixe.

serment (un) :
promesse très importante.

symbole (un) :
image représentant une idée ou une qualité.

T

tyrannie (une) :
gouvernement injuste et cruel.

V

valeur (une) :
idée ou qualité très importante.

voix (une) :
vote d'une personne.

voter :
exprimer son opinion lors d'une élection.

Crédits images :

p. 4 © Daniel Thierry / Getty Images / Photononstop RM, © Getty Images/STOCK4B-RF • **p. 5** © Phil Walter / Getty Images / AFP • **p. 6** © Getty Images / iStockphoto • **p. 7** © Ute Grabowsky / Photothek via Getty Images, © DR • **p. 8** © Bridgeman Images • **p. 9** © Musée Matisse, Le Cateau-Cambresis © Bridgeman Images, © David Frances Barry / Bridgeman Images • **p. 10** © Photo de Classe de Estelle Fenech et Catherine Portaluppi, produit par Narrative Production, avec Lilian Thuram / photo-de-classe.org • **p. 11** © DR • **p. 12** © Grady Reese / Corbis • **p. 13** © Editions du Signe • **p. 14** © *Moi j'adore, la maîtresse déteste*, Élisabeth Brami, Lionel Le Néouanic © Éditions du Seuil, 2002 • **p. 15** © Commune de Sanguinet, © Fotolia • **p. 19** © Unicef / ETHA_201300488 / OSE • **p. 20** © Wavebreakmedia / Shutterstock • **p. 21** © Loungepark / Getty Images • **p. 22** © Musée Carnavalet, Paris, France / Bridgeman Images • **p. 23** © Sean Gallup / Getty Images / AFP • **p. 24** Philippe Lallemant © Leemage • **p. 25** © Collection Kharbine Tapabor • **p. 26** © *1 Jour 1 Actu* © Milan presse et la Ligue de l'enseignement / © Illustration Jacques Azam • **p. 27** © La Ligue de l'enseignement • **p. 28** © Claudia Rehm / Westend61 / Corbis • **p. 29** © *À ton avis Minicriri* / Francisco Lopez et Florence Langlois / *Toboggan* n° 375, Février 2012 © Milan Presse • **p. 30** © Christopher Futcher / Getty Images • **p. 31** © Ryan McVay / Getty Images • **p. 32** © Marianne, 1997 © Eve Luquet / La Poste / ADAGP Paris 2015 • **p. 33** © *1 Jour 1 Actu*, n°11 du 15 au 21 novembre 2013, La Charte de la laïcité à l'école expliquée aux enfants © Milan Presse / La ligue de l'enseignement © Illustration Jacques Azam • **p. 34** © Annie Engel / Corbis, © Annie Engel / Corbis • **p. 35** © Getty Images • **p. 36** © W. R. Symonds © Bridgeman Images • **p. 38-39** © DR • **p. 40** © Andrew Fox / Corbis • **p. 42-43** © www.solidarite-laique.org • **p. 44** © KidStock / Blend Images / Corbis, © Association Bouchons d'amour • **p. 45** © Carl D. Walsh / Staff Photographer / Gettty Images • **p. 46** © Larousse Junior © Larousse 2013 © Keystone-France / Gamma via Getty Images • **p. 47** © Alain Buu / Gamma • **p. 49** © « Être piéton, ça s'apprend », La sécurité routière / Play Bac 2014 • **p. 50-51** © Fotolia • **p. 57** © Robert Deyrail / Gamma-Rapho • **p. 58** © Fotolia, © Catherine Leblanc / Godong / Photononstop, © akg-images / Elie Bernager, © Alfred Wolf / Hoa-Qui / Gamma Rapho • **p. 59** © Musée Carnavalet, Paris, France / Bridgeman Images • **p. 60** © Franck Fife / AFP • **p. 61** © SSPL / Leemage, © Tim Graham / Corbis, © David Turnley / Corbis, © Hollandse Hoogte / Corbis, © Alain Nogues / Sygma / Corbis.

Malgré tous nos efforts, pour certains textes, il ne nous a pas été possible de joindre les auteurs et leurs ayants droit, ainsi que les éditeurs et leurs ayants droit pour solliciter leur autorisation de reproduction, mais nous avons naturellement réservé en notre comptabilité des droits usuels.

Illustrations : Séverine Duchesne : p. 16-17, 18, 28, 40, 41, 48 et 49 • Thierry Christmann : les personnages des Mémos.
Conception couverture : Delphine d'Inguimbert et Valérie Goussot
Conception maquette intérieure et mise en page : Thierry Poulet et Amandine Chambosse
Droits texte et images : Elsa Jourdan et Micheline Sanz
Relecture : Isabelle Macé
Édition : Stéphanie Taro
Directrice éditoriale : Anne Jenner

2, rue Chappe - 78130 Les Mureaux
Tél : 01 34 92 78 78 - Fax : 01 34 92 82 50
www.editions-sed.fr

ISBN : 978-2-8223-0621-8
Réf. : 45532

Achevé d'imprimer : juillet 2016, par STIGE en Italie • Dépôt légal : octobre 2015
Cet ouvrage a été imprimé sur du papier provenant de forêts gérées durablement.